Help gyda
Gwaith Cartref
Lluosi a Rhannu
Multiplying and Dividing

Gair byr ar gyfer rhieni:
Rydym yn argymell bod oedolyn yn rhoi amser i'r plentyn wrth wneud yr ymarferion. Bydd cyfle wedyn i gynnig anogaeth a chyfarwyddiadau i'r plentyn. Chwiliwch am le tawel i weithio - byddai cael bwrdd i weithio arno yn ddelfrydol. Cofiwch annog y plentyn i ddal y pensil neu'r pen yn iawn. Ceisiwch weithio ar yr un cyflymder â'r plentyn a pheidiwch â threulio gormod o amser ar un gweithgaredd. Yn fwy na dim, gwnewch y profiad yn un difyr a hwyliog - mwynhewch y profiad gyda'ch gilydd!

3 x 3

Paratowyd y testun a'r arlunwaith gan Jeannette O'Toole
Cynllun y clawr gan Dan Green
Ymgynghorydd addysgol Nina Filipek
Addaswyd i'r Gymraeg gan Glyn a Gill Saunders Jones,
a Megan Lewis

www.atebol.com

Tablau lluosi
Multiplication tables

Chwiliwch am y sticeri i gwblhau'r tablau lluosi yma.

Dysgwch eich tablau lluosi. Cofiwch eich tablau lluosi.

Find the stickers to complete the multiplication tables below.
Learn the multiplication tables so that you can remember them.

x1

1 x 1 = 1

2 x 1 = 2

3 x 1 = 3

4 x 1 = 4

Rhowch y
sticer yma
Place your sticker here

6 x 1 = 6

7 x 1 = 7

8 x 1 = 8

9 x 1 = 9

10 x 1 = 10

11 x 1 = 11

12 x 1 = 12

x2

1 x 2 = 2

2 x 2 = 4

3 x 2 = 6

4 x 2 = 8

5 x 2 = 10

6 x 2 = 12

7 x 2 = 14

8 x 2 = 16

Rhowch y
sticer yma
Place your sticker here

10 x 2 = 20

11 x 2 = 22

12 x 2 = 24

x3

1 x 3 = 3

2 x 3 = 6

3 x 3 = 9

4 x 3 = 12

5 x 3 = 15

6 x 3 = 18

7 x 3 = 21

8 x 3 = 24

9 x 3 = 27

10 x 3 = 30

11 x 3 = 33

12 x 3 = 36

Rhowch y sticer
seren yma
Place your star
sticker here

×4

1 × 4 = 4

2 × 4 = 8

4 × 4 = 16

5 × 4 = 20

6 × 4 = 24

7 × 4 = 28

8 × 4 = 32

9 × 4 = 36

10 × 4 = 40

11 × 4 = 44

12 × 4 = 48

×5

1 × 5 = 5

2 × 5 = 10

3 × 5 = 15

4 × 5 = 20

5 × 5 = 25

6 × 5 = 30

7 × 5 = 35

8 × 5 = 40

9 × 5 = 45

10 × 5 = 50

11 × 5 = 55

12 × 5 = 60

×6

1 × 6 = 6

2 × 6 = 12

3 × 6 = 18

4 × 6 = 24

5 × 6 = 30

6 × 6 = 36

7 × 6 = 42

8 × 6 = 48

9 × 6 = 54

10 × 6 = 60

12 × 6 = 72

Tablau lluosi
Multiplication tables

Cwblhewch y tablau lluosi gan roi'r sticeri yn y bocsys.

Dysgwch eich tablau lluosi. Cofiwch eich tablau lluosi.

Find the stickers to complete the multiplication tables below.
Learn the multiplication tables so that you can remember them.

x7

1 x 7 = 7

2 x 7 = 14

3 x 7 = 21

4 x 7 = 28

5 x 7 = 35

6 x 7 = 42

7 x 7 = 49

8 x 7 = 56

9 x 7 = 63

10 x 7 = 70

11 x 7 = 77

12 x 7 = 84

x8

1 x 8 = 8

2 x 8 = 16

3 x 8 = 24

4 x 8 = 32

5 x 8 = 40

6 x 8 = 48

7 x 8 = 56

8 x 8 = 64

Rhowch y
sticer yma
Place your sticker here

10 x 8 = 80

11 x 8 = 88

12 x 8 = 96

x9

1 x 9 = 9

2 x 9 = 18

3 x 9 = 27

Rhowch y
sticer yma
Place your sticker here

5 x 9 = 45

6 x 9 = 54

7 x 9 = 63

8 x 9 = 72

9 x 9 = 81

10 x 9 = 90

11 x 9 = 99

12 x 9 = 108

Rhowch y sticer
seren yma
Place your star
sticker here

x10

1 x 10 = 10

2 x 10 = 20

3 x 10 = 30

4 x 10 = 40

Rhowch y
sticer yma
Place your sticker here

6 x 10 = 60

7 x 10 = 70

8 x 10 = 80

9 x 10 = 90

10 x 10 = 100

11 x 10 = 110

12 x 10 = 120

x11

1 x 11 = 11

2 x 11 = 22

3 x 11 = 33

4 x 11 = 44

5 x 11 = 55

Rhowch y
sticer yma
Place your sticker here

7 x 11 = 77

8 x 11 = 88

9 x 11 = 99

10 x 11 = 110

11 x 11 = 121

12 x 11 = 132

x12

1 x 12 = 12

2 x 12 = 24

3 x 12 = 36

4 x 12 = 48

5 x 12 = 60

6 x 12 = 72

7 x 12 = 84

8 x 12 = 96

9 x 12 = 108

10 x 12 = 120

11 x 12 = 132

12 x 12 = 144

12 x 8 =

Rhowch y sticer
seren yma
Place your star
sticker here

Cwblhewch y symiau lluosi yma gan roi'r atebion ar y creigiau.

Chwiliwch am y sticer ateb ar gyfer yr un olaf.

Do the multiplications and write the answers on the rocks. Find the answer sticker for the last one.

$$3 \times 8 =$$

$$5 \times 6 =$$

$$7 \times 2 =$$

Rhowch
y sticer yma
Place your
sticker here

Rhowch y sticer
seren yma
Place your star
sticker here

Cwblhewch y tablau lluosi yma gan roi'r atebion yn y bocsys.

Chwiliwch am y sticeri ateb.

Complete the multiplications. Write the missing numbers in the boxes and find the number stickers.

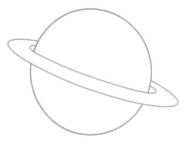

$2 \times \boxed{} = 4$

$\boxed{\text{Rhowch y sticer yma} \atop \text{Place your sticker here}} \times 5 = 15$

$7 \times \boxed{} = 14$

$3 \times 3 = \boxed{}$

$7 \times \boxed{} = 56$

$\boxed{} \times 4 = 8$

$9 \times \boxed{\text{Rhowch y sticer yma} \atop \text{Place your sticker here}} = 45$

$11 \times 3 = \boxed{}$

$6 \times \boxed{} = 48$

$\boxed{\text{Rhowch y sticer yma} \atop \text{Place your sticker here}} \times 4 = 24$

$8 \times \boxed{} = 40$

$12 \times 12 = \boxed{}$

Rhowch y sticer seren yma
Place your star sticker here

Gwenyn ar goll!
Missing bees!

Chwiliwch am y sticeri lluniau a rhowch nhw'n eu lle. Ysgrifennwch y rhifau coll yn y bocsys. Chwiliwch am y sticeri ateb.

Find the picture stickers and put them in place. Write the missing numbers to complete the multiplications and find the answer sticker.

Rhowch
y sticer yma
Place your
sticker here

 x **4** **=**

 **x** [ ] **=**

Rhowch
y sticer yma
Place your
sticker here

Rhowch
y sticer yma
Place your
sticker here

x **2** **=**

Rhowch
y sticer yma
Place your
sticker here

Rhowch y sticer
seren yma
Place your star
sticker here

Casglu'r afalau
Multiplication ladders

Edrychwch ar y rhifau sydd angen eu lluosi.

Rhowch eich atebion ar y basgedi.

Do the multiplications on the ladders and place the answer stickers on the baskets.

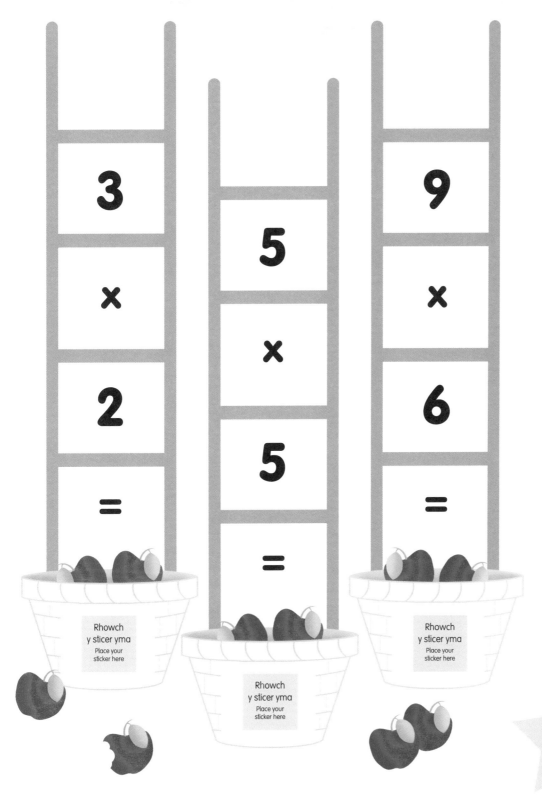

3 × 2 =

5 × 5 =

9 × 6 =

Rhowch
y sticer yma
Place your
sticker here

Rhowch
y sticer yma
Place your
sticker here

Rhowch
y sticer yma
Place your
sticker here

Rhowch y sticer
seren yma
Place your star
sticker here

Cyfrif y petalau
Flower multiplication

Cyfrifwch y petalau. Ysgrifennwch yr ateb yng nghanol y blodyn. Lluoswch y rhifau. Ewch ati i dynnu llun y petalau.

Count the petals and write the number in the centre of each flower. Then do the multiplications. You can draw the missing petals on the answer flowers.

 **×** **3** **=**

enghraifft
example

 **×** **2** **=**

 **×** **2** **=**

Rhowch
y sticer yma
Place your
sticker here

 **×** **3** **=**

Rhowch y sticer
seren yma
Place your star
sticker here

Rhifau hud
Magical numbers

Mae'r rhifau sydd i'w lluosi ar y potiau coginio ar waelod y dudalen. Mae'r plant yn dal yr atebion cywir yn eu dwylo. Tynnwch linell rhwng yr ateb cywir a'r plentyn. Chwiliwch am y sticer ateb sydd ar goll.

The children are holding the answers to the multiplications on the cooking pots – but one of the answers is missing. Draw a line to join each child to the correct pot and find the missing answer sticker.

24

Rhowch y sticer yma
Place your sticker here

9

3 x 3 =

4 x 6 =

10 x 9 =

Rhowch y sticer seren yma
Place your star sticker here

Math-bosau
Math-puzzles

Atebwch y posau lluosi. Rhowch y rhifau coll yn y bocsys.
Chwiliwch am y sticeri rhif.

Do the multiplications in the grids by filling in the missing numbers and finding the number stickers.

Rhowch y sticer yma Place your sticker here	×	2	=	12
×		×		×
3	×		=	
=		=		=
Rhowch y sticer yma Place your sticker here	×	2	=	36

2	×	Rhowch y sticer yma Place your sticker here	=	10
×		×		×
	×	4	=	8
=		=		=
	×	20	=	Rhowch y sticer yma Place your sticker here

Rhowch y sticer seren yma
Place your star sticker here

Croesair lluosi
Multiplication crossword

Atebwch y cwestiynau lluosi. Ysgrifennwch yr atebion cywir ar y croesair.
Chwiliwch am y sticeri ateb.

Do the multiplications. Write the answers in the boxes and find the answer stickers

a   **3 × 4 =** [ ]

b   **2 × 7 =** [ ]

c   **10 × 1 =** Rhowch y sticer yma / Place your sticker here

ch   **7 × 10 =** [ ]

d   **1 × 11 =** [ ]

dd   **3 × 3 =** [ ]

e   **2 × 1 =** Rhowch y sticer yma / Place your sticker here

f   **5 × 10 =** [ ]

Dilynwch y llythrennau ar draws ac ar i lawr. Ysgrifennwch yr atebion fel geiriau ar y croesair.

Following the letters across and down, write the answers as Welsh words in the crossword grid.

Rhowch y sticer seren yma
Place your star sticker here

13

Beth sy'n perthyn?
Match the answers

Atebwch y cwestiynau sy'n y llongau gofod. Edrychwch ar yr atebion ar waelod y dudalen. Tynnwch linell rhwng y llongau gofod a'r atebion cywir.

Do the multiplications on the spaceships. Look at the answers then draw a line to join each alien to the correct spaceship.

$9 \times 9 =$

$3 \times 3 =$

$7 \times 8 =$

Rhowch y sticer yma
Place your sticker here

9

81

Rhowch y sticer seren yma
Place your star sticker here

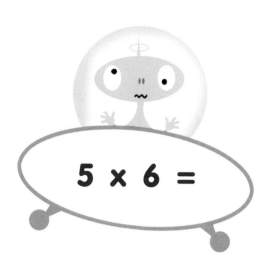

$5 \times 6 =$

$7 \times 3 =$

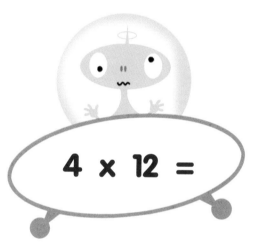

$4 \times 12 =$

Rhowch
y sticer yma
Place your
sticker here

21

30

Rhowch y sticer
seren yma
Place your star
sticker here

15

Prawf lluosi
Multiplication test

Atebwch y cwestiynau sydd ar y cregyn. Rhowch yr atebion yn y bocsys a chwiliwch am y sticeri ateb. Edrychwch ar y tablau ar ddechrau'r llyfr i weld a ydych chi'n gywir.

Do the multiplications on the shells. Write the answers in the boxes and find the answer stickers.
Check your answers by looking at the multiplication tables at the beginning of the book.

$2 \times 2 = $ ☐

$4 \times 5 = $
Rhowch y sticer yma
Place your sticker here

$8 \times 8 = $ ☐

$1 \times 3 = $ ☐

$5 \times 8 = $ ☐

$6 \times 7 = $
Rhowch y sticer yma
Place your sticker here

$11 \times 2 = $ ☐

$10 \times 10 = $ ☐

$6 \times 9 = $ ☐

$3 \times 12 = $ ☐

$2 \times 8 = $
Rhowch y sticer yma
Place your sticker here

$7 \times 6 = $ ☐

Rhowch y sticer seren yma
Place your star sticker here

14 3 5 6 16 6 25 54 90 18 80 6

5 × 1 = 5	3 ÷ 1 = 3
9 × 2 = 18	18 ÷ 2 = 9
3 × 4 = 12	30 ÷ 5 = 6
11 × 6 = 66	18 ÷ 6 = 3
9 × 8 = 72	72 ÷ 8 = 9
4 × 9 = 36	54 ÷ 9 = 6
5 × 10 = 50	77 ÷ 11 = 7
6 × 11 = 66	36 ÷ 12 = 3

5 14 70 56 48 20 16 42 84 9 32 4

2 9 4 8 24 7 5 9 10 12 3 4

5 × 5 = ☐

7 × 12 = Rhowch y sticer yma
Place your sticker here

3 × 9 = ☐

4 × 4 = ☐

5 × 4 = ☐

4 × 7 = ☐

9 × 6 = ☐

11 × 11 = ☐

8 × 4 = Rhowch y sticer yma
Place your sticker here

12 × 6 = ☐

1 × 9 = ☐

3 × 3 = Rhowch y sticer yma
Place your sticker here

6 × 6 = ☐

8 × 3 = ☐

Rhowch y sticer seren yma
Place your star sticker here

Tablau rhannu
Division tables

Chwiliwch am y sticeri sy'n cwblhau'r tablau rhannu isod.

Dysgwch y tablau rhannu fel eich bod yn gallu eu cofio.

Find the stickers to complete the division tables below.
Learn the division tables so that you can remember them.

÷1

$1 \div 1 = 1$

$2 \div 1 = 2$

Rhowch y
sticer yma
Place your sticker here

$4 \div 1 = 4$

$5 \div 1 = 5$

$6 \div 1 = 6$

$7 \div 1 = 7$

$8 \div 1 = 8$

$9 \div 1 = 9$

$10 \div 1 = 10$

$11 \div 1 = 11$

$12 \div 1 = 12$

÷2

$2 \div 2 = 1$

$4 \div 2 = 2$

$6 \div 2 = 3$

$8 \div 2 = 4$

$10 \div 2 = 5$

$12 \div 2 = 6$

$14 \div 2 = 7$

$16 \div 2 = 8$

Rhowch y
sticer yma
Place your sticker here

$20 \div 2 = 10$

$22 \div 2 = 11$

$24 \div 2 = 12$

÷3

$3 \div 3 = 1$

$6 \div 3 = 2$

$9 \div 3 = 3$

$12 \div 3 = 4$

$15 \div 3 = 5$

$18 \div 3 = 6$

$21 \div 3 = 7$

$24 \div 3 = 8$

$27 \div 3 = 9$

$30 \div 3 = 10$

$33 \div 3 = 11$

$36 \div 3 = 12$

Rhowch y sticer
seren yma
Place your star
sticker here

18

 ÷  =

÷4

4 ÷ 4 = 1

8 ÷ 4 = 2

12 ÷ 4 = 3

16 ÷ 4 = 4

20 ÷ 4 = 5

24 ÷ 4 = 6

28 ÷ 4 = 7

32 ÷ 4 = 8

36 ÷ 4 = 9

40 ÷ 4 = 10

44 ÷ 4 = 11

48 ÷ 4 = 12

÷5

5 ÷ 5 = 1

10 ÷ 5 = 2

15 ÷ 5 = 3

20 ÷ 5 = 4

25 ÷ 5 = 5

Rhowch y
sticer yma
Place your sticker here

35 ÷ 5 = 7

40 ÷ 5 = 8

45 ÷ 5 = 9

50 ÷ 5 = 10

55 ÷ 5 = 11

60 ÷ 5 = 12

÷6

6 ÷ 6 = 1

12 ÷ 6 = 2

Rhowch y
sticer yma
Place your sticker here

24 ÷ 6 = 4

30 ÷ 6 = 5

36 ÷ 6 = 6

42 ÷ 6 = 7

48 ÷ 6 = 8

54 ÷ 6 = 9

60 ÷ 6 = 10

66 ÷ 6 = 11

72 ÷ 6 = 12

Rhowch y sticer
seren yma
Place your star
sticker here

Tablau rhannu
Division tables

Chwiliwch am y sticeri sy'n cwblhau'r tablau rhannu isod.

Dysgwch y tablau rhannu fel eich bod yn gallu eu cofio.

Find the stickers to complete the division tables below.
Learn the division tables so that you can remember them.

÷7

$7 ÷ 7 = 1$

$14 ÷ 7 = 2$

$21 ÷ 7 = 3$

$28 ÷ 7 = 4$

$35 ÷ 7 = 5$

$42 ÷ 7 = 6$

$49 ÷ 7 = 7$

$56 ÷ 7 = 8$

$63 ÷ 7 = 9$

$70 ÷ 7 = 10$

$77 ÷ 7 = 11$

$84 ÷ 7 = 12$

÷8

$8 ÷ 8 = 1$

$16 ÷ 8 = 2$

$24 ÷ 8 = 3$

$32 ÷ 8 = 4$

$40 ÷ 8 = 5$

$48 ÷ 8 = 6$

$56 ÷ 8 = 7$

$64 ÷ 8 = 8$

Rhowch y
sticer yma
Place your sticker here

$80 ÷ 8 = 10$

$88 ÷ 8 = 11$

$96 ÷ 8 = 12$

÷9

$9 ÷ 9 = 1$

$18 ÷ 9 = 2$

$27 ÷ 9 = 3$

$36 ÷ 9 = 4$

$45 ÷ 9 = 5$

Rhowch y
sticer yma
Place your sticker here

$63 ÷ 9 = 7$

$72 ÷ 9 = 8$

$81 ÷ 9 = 9$

$90 ÷ 9 = 10$

$99 ÷ 9 = 11$

$108 ÷ 9 = 12$

Rhowch y sticer
seren yma
Place your star
sticker here

÷10

10 ÷ 10 = 1

20 ÷ 10 = 2

30 ÷ 10 = 3

40 ÷ 10 = 4

50 ÷ 10 = 5

60 ÷ 10 = 6

70 ÷ 10 = 7

80 ÷ 10 = 8

90 ÷ 10 = 9

100 ÷ 10 = 10

110 ÷ 10 = 11

120 ÷ 10 = 12

÷11

11 ÷ 11 = 1

22 ÷ 11 = 2

33 ÷ 11 = 3

44 ÷ 11 = 4

55 ÷ 11 = 5

66 ÷ 11 = 6

Rhowch y
sticer yma
Place your sticker here

88 ÷ 11 = 8

99 ÷ 11 = 9

110 ÷ 11 = 10

121 ÷ 11 = 11

132 ÷ 11 = 12

÷12

12 ÷ 12 = 1

24 ÷ 12 = 2

Rhowch y
sticer yma
Place your sticker here

48 ÷ 12 = 4

60 ÷ 12 = 5

72 ÷ 12 = 6

84 ÷ 12 = 7

96 ÷ 12 = 8

108 ÷ 12 = 9

120 ÷ 12 = 10

132 ÷ 12 = 11

144 ÷ 12 = 12

70 ÷ 7 = 10

Rhowch y sticer
seren yma
Place your star
sticker here

Sbri symiau
Solve these problems

Chwiliwch am y sticeri a rhowch nhw yn eu lle. Ysgrifennwch yr atebion yn y bocsys.

Find the stickers and put them in place. Write the answers in the boxes.

Rhannwch **16** llyfr yn gyfartal rhwng **4** plentyn. Sawl llyfr mae pob plentyn yn ei gael?

Share **16** books equally between **4** children. How many books each?

Rhannwch **7** hufen iâ yn gyfartal rhwng **3** phlentyn.

Share **7** ice-creams equally between **3** children.

Sawl hufen iâ mae pob plentyn yn ei gael?
How many ice-creams each?

Sawl un sydd ar ôl?
How many left over?

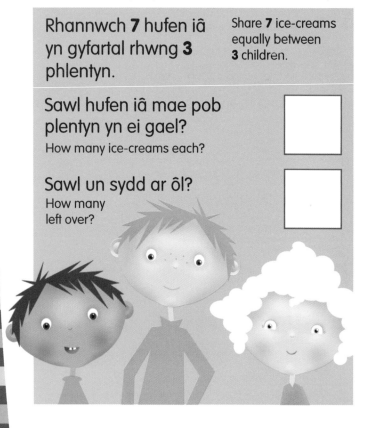

Rhannwch **8** moronen yn gyfartal rhwng **2** gwningen

Share **8** carrots equally between **2** rabbits.

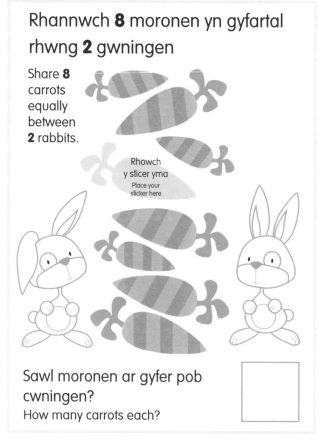

Sawl moronen ar gyfer pob cwningen?
How many carrots each?

Rhowch y sticer yma
Place your sticker here

Rhowch y sticer seren yma
Place your star sticker here

22

Rhannwch **9** bynen yn gyfartal rhwng **2** eliffant.

Share **9** buns equally between **2** elephants.

Rhowch
y sticer yma
Place your
sticker here

Sawl bynen mae pob eliffant yn ei gael?

How many buns each?

Sawl un sydd ar ôl?

How many left over?

Rhowch
y sticer yma
Place your
sticker here

Rhannwch **14** banana yn gyfartal rhwng **7** mwnci.

Share **14** bananas equally between **7** monkeys.

Sawl banana mae pob mwnci yn ei gael?

How many bananas each?

Rhannwch **9** balŵn yn gyfartal rhwng **3** clown.

Sawl balŵn mae pob clown yn ei gael?

Rhowch
y sticer yma
Place your
sticker here

Share **9** balloons equally between **3** clowns.

How many balloons each?

Rhowch y sticer
seren yma
Place your star
sticker here

Grwpiau
Groups

Chwiliwch am y sticeri a rhowch nhw'n eu lle. Rhannwch y canlynol yn grwpiau gan roi cylchoedd o gwmpas pob grŵp.

Find the stickers and put them in place. Draw rings around the following things to divide them into groups

Rhowch y sticer yma
Place your sticker here

Grwpiau o **2**
Groups of **2**

Grwpiau o **4**
Groups of **4**

Rhowch y sticer yma
Place your sticker here

Grwpiau o **3**
Groups of **3**

Rhowch y sticer seren yma
Place your star sticker here

Byd y pili-pala
Butterfly world

Chwiliwch am y sticeri ateb. Atebwch y cwestiynau.
Rhowch yr atebion cywir yn y bocsys.

Find the missing butterfly stickers and put them in place. Work out the divisions and write the missing numbers in the boxes.

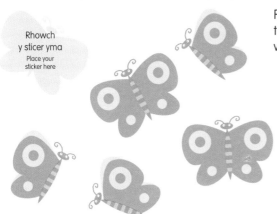

Rhowch y sticer yma
Place your sticker here

$\div$ **2** $=$ ☐

Rhowch y sticer yma
Place your sticker here

$\div$ ☐ $=$ **2**

Rhowch y sticer yma
Place your sticker here

Place your sticker here

$\div$ **2** $=$ ☐

Rhowch y sticer seren yma
Place your star sticker here

Sglein y sêr
Star division

Atebwch y cwestiynau yma. Rhowch yr atebion yn y bocsys. Chwiliwch am y sticeri ateb.

Do the divisions in the stars. Write the answers in the boxes and find the answer stickers.

35 ÷ 5

81 ÷ 9

12 ÷ 6

Rhowch
y sticer yma
Place your
sticker here

49 ÷ 7

3 ÷ 3

20 ÷ 5

Rhowch
y sticer yma
Place your
sticker here

55 ÷ 11

32 ÷ 4

Rhowch y sticer
seren yma
Place your star
sticker here

26

Pa un sy'n gywir?
Which one is right?

Mae rhif ar ben y bocs. Rhowch gylch o gwmpas yr ateb cywir yn y bocs.

Circle the divisions with answers that match the numbers at the top of the box.

3
6 ÷ 3
22 ÷ 2
25 ÷ 5
27 ÷ 9

10
12 ÷ 4
32 ÷ 8
60 ÷ 6
10 ÷ 5

8
64 ÷ 8
72 ÷ 12
18 ÷ 6
81 ÷ 9

4
36 ÷ 9
20 ÷ 2
16 ÷ 8
12 ÷ 4

6
50 ÷ 10
96 ÷ 12
18 ÷ 9
24 ÷ 4

7
88 ÷ 11
28 ÷ 4
12 ÷ 6
72 ÷ 9

Jac y jyglwr
Juggling division

Atebwch y cwestiynau rhannu yma. Rhowch yr atebion cywir yn y bocsys. Chwiliwch am y sticeri rhif.

Do the divisions by filling in the missing numbers and finding the number stickers.

$6 \div 3 = \boxed{}$

$\boxed{} \div 2 = 8$

$\boxed{} \div 7 = 6$

$24 \div \boxed{\text{Rhowch y sticer yma — Place your sticker here}} = 6$

$27 \div 3 = \boxed{\text{Rhowch y sticer yma — Place your sticker here}}$

$30 \div 5 = \boxed{}$

$9 \div \boxed{} = 9$

$\boxed{} \div 9 = 7$

Rhowch y sticer seren yma
Place your star sticker here

28

Atebwch y cwestiynau rhannu yn y peli eira.

Rhowch yr atebion yn y bocsys. Chwiliwch am y sticeri rhif.

Complete the divisions on the snowballs.
Write the missing numbers in the boxes and find the number stickers.

$4 \div \boxed{} = 1$

$\boxed{\text{Rhowch y sticer yma Place your sticker here}} \div 4 = 2$

$21 \div \boxed{} = 7$

$54 \div 6 = \boxed{}$

$24 \div \boxed{} = 4$

$\boxed{} \div 9 = 2$

$70 \div \boxed{\text{Rhowch y sticer yma Place your sticker here}} = 10$

$10 \div \boxed{} = 2$

$99 \div 9 = \boxed{}$

$\boxed{\text{Rhowch y sticer yma Place your sticker here}} \div 8 = 3$

$90 \div \boxed{} = 9$

$40 \div 5 = \boxed{}$

Atebwch y cwestiynau rhannu. Rhowch yr atebion yn y bocsys. Chwiliwch am y sticeri ateb. Edrychwch ar y tablau rhannu yn y llyfr i weld a ydych chi'n gywir.

Do the divisions on the flowers. Write the answers in the boxes and find the answer stickers. Check your answers by looking at the division tables earlier in the book.

6 ÷ 3 = ☐

14 ÷ 2 = ☐

25 ÷ 5 = Rhowch y sticer yma / Place your sticker here

27 ÷ 9 = ☐

4 ÷ 2 = ☐

64 ÷ 8 = ☐

40 ÷ 4 = Rhowch y sticer yma / Place your sticker here

5 ÷ 5 = ☐

21 ÷ 3 = ☐

8 ÷ 2 = ☐

9 ÷ 1 = Rhowch y sticer yma / Place your sticker here

44 ÷ 11 = ☐

Rhowch y sticer seren yma
Place your star sticker here

20 ÷ 2 = ☐

45 ÷ 5 = ☐

24 ÷ 2 =

35 ÷ 7 = ☐

18 ÷ 6 =

3 ÷ 3 = ☐

36 ÷ 6 = ☐

15 ÷ 5 = ☐

70 ÷ 7 = ☐

16 ÷ 8 = ☐

28 ÷ 4 = ☐

12 ÷ 3 =

56 ÷ 7 = ☐

50 ÷ 10 = ☐

Atebion coll
Missing answers

$3 \times 8 = 24$ $5 \times 6 = 30$ $7 \times 2 = 14$

Rhifau coll 1
Missing numbers 1

$2 \times 2 = 4$ $7 \times 8 = 56$ $6 \times 8 = 48$
$3 \times 5 = 15$ $2 \times 4 = 8$ $6 \times 4 = 24$
$7 \times 2 = 14$ $9 \times 5 = 45$ $8 \times 5 = 40$
$3 \times 3 = 9$ $11 \times 3 = 33$ $12 \times 12 = 144$

Gwenyn ar goll!
Missing bees!

$3 \times 4 = 12$ $2 \times 3 = 6$ $8 \times 2 = 16$

Casglu'r afalau
Multiplication ladders

$3 \times 2 = 6$ $5 \times 5 = 25$ $9 \times 6 = 54$

Cyfrif y petalau
Flower multiplication

$4 \times 2 = 8$ $5 \times 2 = 10$ $3 \times 3 = 9$

Rhifau hud
Magical numbers

$3 \times 3 = 9$ $4 \times 6 = 24$ $10 \times 9 = 90$

Math-bosau
Math-puzzles

6	x	2	=	12
x		x		x
3	x	1	=	3
=		=		=
18	x	2	=	36

2	x	5	=	10
x		x		x
2	x	4	=	8
=		=		=
4	x	20	=	80

Croesair lluosi
Multiplication crossword

Beth sy'n perthyn?
Match the answers

$7 \times 8 = 56$ $9 \times 9 = 81$
$3 \times 3 = 9$ $5 \times 6 = 30$
$4 \times 12 = 48$ $7 \times 3 = 21$

Sbri symiau
Solve these problems

4 llyfr ar gyfer pob plentyn
4 books for each child.

2 hufen iâ ar gyfer pob plentyn ac un dros ben
2 ice creams for each child with 1 left over.

4 moronen ar gyfer pob cwningen
4 carrots for each rabbit.

4 bynen ar gyfer pob eliffant ac un dros ben
4 buns for each elephant with 1 left over.

2 banana ar gyfer pob mwnci
2 bananas for each monkey.

3 balŵn ar gyfer pob clown.
3 balloons for each clown.

Byd y Pili-pala
Butterfly division

$6 \div 2 = 3$ $4 \div 2 = 2$ $10 \div 2 = 5$

Sglein y sêr
Star division

$81 \div 9 = 9$ $35 \div 5 = 7$
$49 \div 7 = 7$ $12 \div 6 = 2$
$20 \div 5 = 4$ $3 \div 3 = 1$
$32 \div 4 = 8$ $55 \div 11 = 5$

Pa un sy'n gywir?
Which one is right?

$27 \div 9 = 3$ $60 \div 6 = 10$
$64 \div 8 = 8$ $36 \div 9 = 4$
$24 \div 4 = 6$ $28 \div 4 = 7$

Jac y jyglwr
Juggling division

$6 \div 3 = 2$ $16 \div 2 = 8$
$42 \div 7 = 6$ $24 \div 4 = 6$
$27 \div 3 = 9$ $30 \div 5 = 6$
$9 \div 1 = 9$ $63 \div 9 = 7$

Rhifau coll 2
Missing numbers 2

$4 \div 4 = 1$ $70 \div 7 = 10$
$8 \div 4 = 2$ $99 \div 9 = 11$
$21 \div 3 = 7$ $10 \div 5 = 2$
$54 \div 6 = 9$ $24 \div 8 = 3$
$24 \div 6 = 4$ $90 \div 10 = 9$
$18 \div 9 = 2$ $40 \div 5 = 8$